巌《いはほ》のちから

阿木津 英 歌集

短歌研究社

目次

巌のちから

装画　レオナルド・ダ・ヴィンチ
「岩窟の聖母」（部分）
装幀　猪瀬悦見

巌《いはほ》のちから

雪

微《かす》かなる歌一つ作《な》すのみにして過ぎゆくらしも元日の日も

わがあたま擦《こす》りつけたり路傍なるさくらの幹のいかつき樹皮に

三歳を過ぎて片目の野良猫の世の苦浸《し》みたる風情《ふぜい》に歩く

風筋にのりてわづかの雪が飛ぶいづへに降りてあまれる雪か

春の囁き

枝影は芽のふくらみの賑《にぎ》はしあふぎて路を歩むゆふぐれ

地《ぢ》面《おもて》の窪みくぼみに花びらをとどめてほのか木立がなかに

青ペンキ塗る壁立ちて電球のひかり生《な》る木を幾鉢か据う

欅なほ萌え出づるには間《ま》のありて午《ひる》のひかりに小枝を交はす

跳び込んで青ぞらをひらきゆくこころ思へばたのし机に倚りて

わが歌を突き出だすべしあをあをとかぜのわたらふ宙《そら》のもなかに

世界青く沈みゆくとき膝のべて猫のせて居りわれはしばらく

＊

萌え出でし芽のかたまりの浮かぶ見ゆ春の囁《ささめ》きけやきに返る

いまだわれおぼつかなけれさみどりの木陰がなかをあゆみ過ぎつつ

立ち止まりふりあふぎ見つるゑんじゆの葉鏤《ゑ》りこむそらは揺らぎやまずも

青若葉吹き来るかぜにわがおもて滴るやうなよろこびありき

日本のうた

日本のうたの貧しといふことをいにしへびとも思ひ知りけむ

蒸し暑き夜ごろは思へ地の涯に逐はれて謫居《たくきょ》の適《てき》うたひける

ぬるま湯の底ひにまなこを開《あ》くごとし硝子に梅雨のにじむ日およぶ

右膝を立てておのれが顎《あぎと》載《の》す人まじはりを厭へるさまに

苔覆ふ土のおもてに細き草まばらに立てり夕あかりして

おろかとも言ふといへども選び来し跣《はだし》のあしで踏むよろこびを

アベリアの香を過ぎゆけば風とほるヒマラヤ杉の下暗《したぐれ》の道

ほそほそとびやうやなぎの糸のしべ指を触れしむ雨のしづくに

革靴を素足に履きてむしあつきアスファルト道《みち》歩きにあるく

土の香のたちて吹き入り来る網戸ひと日の熱を雨しづめつつ

抱きやれば乳ぶさのうへに顎をのせ眠りにけらし夕風入り来

夕闇に鳴るけやきの葉われはわがともしびのもと壁に凭れて

夏の日

夕空は遠く退《しりぞ》きかなかなの鳴き澄むきこゆ高架歩廊に

夏の日のうづ巻くがなか沈めたる石のごとくに仰ぎをりにき

＊

よくしたもんで何の感情もない、といへり。死の鉤爪に汝《な》は摑まれて
死んでゆく感じといふを告げむとす舌とつとつと姉なるわれに

死は迫りかく苦しみてありしかば向ひの閉づるカーテン咽ぶ

寝台に立てたるあしの膝頭《ひざがしら》ぬくもり惜しむ掌《てのひら》あてて

汝が息のほそらむときに汝が生《あ》れし家族と作《な》しし家族と鬩《せめ》ぐ

夜の道に敷きたるゐんじゅ花殻の生《なま》しきを踏む靴の裏にて

うつつ世に生まれ遇ひ得し妹のいのち衰へゆくこの夏や

*

八月四日

額《ひたひ》には水のごときが拡がれり余る韻きのただよふらしも

水底のたかき額はすずしくてまぶたの縁《へり》の睫毛ととのふ

暗黒にひかり差し入りたましひの抽《ぬ》き上げられむあはれそのとき

夕照りの竹群《たかむら》撓ひなびきてはうち反《かへ》りゆく大窓に見ゆ

ひめぢよをん一茎折りて日盛りの石段をわがささげもてゆく

黒闇《こくあん》の垂れそめにけるおもざしを嘆かひにけり父なるものは

骨片のいまだ熱《ほめ》くを裹《つつ》みこむちちのみの父その手裏《たなうら》に

*

降り過ぎてのちの欅に諸蟬《もろぜみ》のこゑくらぐらとたちあがりゆく

曇りたる昼の歩みはスカートの吹かるるうすきかげが路面に

天上に何為すとてか子を産みてかつがつ育てあげて行きたり

息子らに女陰《ほと》をまかせて拭はれし終《つひ》の四五日ばかりのことも

息ひくはいつの時かと大潮は何日かなどおろかなりけり

妹のすでにあらずといふことのわかりがたしも在りつつわれは

澱《よど》みたる眼《まなこ》みひらきありしさま還り来たれり夜の道のうへ

夏ぞらに滲《にじ》むがごとく蟬のこゑ　日ざし退《すさ》りし床《ゆか》にし聴けば

羽を擦るにぶき響きが闇黒《あんこく》にをりをりきこゆ眠らむ際《きは》に

わが窓は汝《な》が訪れのジンジャーの白のかぐはし咲きのぼりつつ

時

大ぞらの曇りのひかりふくらむに足投げ出だすまなこを閉ぢて

噴水のしぶきの音す雲垂りてひかりを孕むそらのましたに

水塊《すいくわい》の砕け放てるひとすぢの勢ひの見ゆ曇りのなかへ

中心のある形態に馴れて目はうつくしとこそ大噴水を

往来の音に接して森かげのテラスは白き卓並べたり

暮れそめてプラタナスの葉こもごもにわれの頭上に揺れつつぞある

＊

窓のべの厚き繁みの葉のひかり弾みては止む滴りうけて

夢にわれおろかのさまに立ちたりき巷明りの及ぶ路面に

Rembrandt 描く聖トビト

目癈《し》ひたる老いぼれ祈る声をあぐ赦しを乞ふに関はりもなく

木木暗く立つ広窓へ われの行き坐りゐたりしいくばくの時

女にて

枝枝をひらいて繖く放ちたり地の星のなすふゆの営み

噴き上げの水つぎつぎに落ちゆきて寒の雀の翅《つばさ》ひらめく

建築群混み合ふそらにほつたりと月懸かりけり十三夜月

図書館を出で来しわれは肩提げの袋を巌石《いはほ》のごとくにかつぐ

冬日さす道に思へば女にて惑ひしことも祝《ほ》がざらめやも

埃づくガラスに白き日のさして折鶴蘭の葉の下がりたり

さざんくわの照葉《てりは》の遠く窓に見ゆ背筋伸ばして坐れる窓に

河野裕子歌集『家』

残されて女のこゑは漾へりがらんどうなる家の暗がり

フェミニストなる片仮名のごはごはと膚に触《さ》はれど術《すべ》もあらずも

太陽にま向かひながら下りゆくあかあかと照る粗《あら》き路面を

街空のたかきをひかりわたらへり西に向く壁いくつか照りて

ひかりの繭

通帳の底を硬貨の擦《かす》るおと聞くがごとくにカードは出でつ

金銭を胸に案ずといふことも昼うす曇る地上口まで

マンションと言ひなす匣《はこ》に住みつきて日日を窮すといふたのしさよ

電球の粟粒《あはつぶ》を夜夜被《き》せられてくるしむならむ膚生温《なまぬる》く

巨いなるひかりの繭をぞろぞろと虫涌き出づるごとくに歩む

ぺらぺらの紙のごとくになりはてし困《くる》しむこころ生まれてゐるか

植込がなかのライトの明るさに歩むわが足見つつわがゆく

ふり仰ぐ夜のそらには利潤生む資源ともなる月がまどかに

コンクリート通路の床に赤き葉の枯葉吹き込みありたりしこと

いづこにか痛み蔵《かく》してしろじろと冬の日ざしに街衢《まち》がけぶらふ

路上にわれは

もやもやと頭のてつぺん痒くなる牡丹の木《ぼく》の萌ゆるを見れば

朝の塵芥《ごみ》出して戻りは牡丹《ぼうたん》の玉のつぼみの尖るをつまむ

一間四方の窓べに机。

曙のあかきひかりになごむ見ゆ壁面ひとつ暮らしを容れて

蜜吸ふと翼をうちて縋るらし葉叢のひかり動くところに

をりをりの眼《まなこ》の遊ぶくれなゐは椿若木か今朝来て見れば

図書館へ行く道すがらさざんくわに息近づけて言問《こと》ひにけり

ずつぽりと幹立つはこれ公孫樹《こうそんじゆ》芽吹きの前の幹の膚にて

くちばしの刎ねて落とし花のかず満天星《どうだんつつじ》枝叢がうへ

家ありて枇杷の木がありあさみどり噴く木をたたふ路上にわれは

形態

今日あゆむわが手触れたりこの路地の大あぢさゐの青硬き葉に

壺に挿すくちなし一つしろじろと翳を重ねて形づくれる

真面目なるわれの歩みよ熱風に日避けの傘の浮く抑へつつ

大いなる幸

遮蔽壕《シエルター》に猫とひそみてゐるごとし夏あをぞらを夕づくひかり

職業歌人《プロ》の末尾に食ひしろ稼がむと手立てを慮《おもんぱか》りてしばし

貧しきと金乏しきと乏しきは遊びのごとし稼げばよろし

貧しきに困《くる》しむといふ心持ちわれも知らざるにしもあらず

金銭に煩ふといふことのなくわが日日在るは大いなる幸《さち》

金貸すの返さぬのといふ愚痴言《ぐちごと》を幼き耳に刻みたりけむ

みこころのまにまにことつけ下されしお金たのしも思ひ出づれば

＊

さながらに鮮魚売場のごとくにて古本屋《Book Off》なる店内の声

静かなるこころを養ふ糧《かて》として書架の書物はありにしものを

小雨ふる街裏路はひともとの梢ゆたかなる白さるすべり

星のひかり

肱を曲げ枕をすれば曇天にこころあづけて睡りにおちぬ

あけぼのを電気スタンド立ちたるよ座卓のうへの首いとけなく

猫の貌ひと振るひして起《た》ちあがり枕のわれに近寄り来《く》らし

目覚めたる身のやがてして裏返り床《とこ》に腕立て伏せをはじむる

肉《しし》ゆるぶ乳房二ふさ青空にただよふごとしなつのゆふぐれ

暗黒へ閉ぢゆくいのちそのときの汝《なれ》を鮎《にれか》むごとく居たりき

暁《あかとき》に面ざし甦《かへ》り来たりけるその七日まへあどけなかりし

水中に沈みてあるを呼び起こすごとく頭《づ》を抱き声入れにしを

胸さきを掠《かす》めて襲ひ来るものに嗚咽すみじかき歩みの間《かん》を

木木の影没する通り額髪《ぬかがみ》に夕やはらかき風を吹かしむ

棒きれは姿ただしく伏せりけり拾ひあぐれば桜の枝ぞ

闇黒《あんこく》の鋪道行きゆくわがからだ星のひかりのさやさやと鳴る

人間

二〇〇一年五月二三日、熊本地裁の「らい予防法」違憲国家賠償請求事件判決に対し、国は控訴を断念した。

人間の空仰ぎしと言ひ出づる喜びの面《おも》うひうひしけれ

人間解放——

放たるる声の歓喜を魔のごとき窺《うかが》ふといふといへど、しかれど

みづからを日日解き放てよ大空へおのれほどけてみなぎらふまで

巨大銅像として自らを凝《こご》らしむ人間擬《もど》きは解放されて

国家と女――九・一一事件前後

八月十三日

War shrine に燕尾服着て礼拝す報ぜられたり極東国は

自衛といふ「自」にわれわれの入らざる分かりきつたる事にてあれど

九月十一日以後

日本のかの日のごとく掲ぐるは〈女性解放〉はためかせつつ

あつかましき言ひぐさならずや自由の国われらは女を解き放てりと
報復の戦ひをすと聞くにだに〈男〉なる眼はうるほひを帯ぶ

むさぼりをすでに蔽はずこの国家——おぞましとわがこころ呟く

無力なるものの一日《ひとひ》が暮れにけり硝子窓のべ冷え迫りつつ

閑《のど》やかに知恵かぐはしきありやうのいづこにありやわが求むべき

美は善なり

街上は宴《うたげ》をすらくとりどりに桜もみぢの散りの新し

首のべに風うごくあり町裏の夕あかるみを浮くごとくゆく

わが両《ふた》つ頬に見知らぬ街の気をわけつつすすむ長塀沿ひに

日はすでに没りたるらしも底明かりしてゐる空を雲ちぎれとぶ

われ居らぬ部屋の暗きにマリポーサ雌《め》のしべたてて香を紡ぎゐむ

つぎつぎに暗き街路を抜けてゆくおのが五体を磨《と》ぐがごとくに

ボードレール

美は善なり、仰せのごとく——と慇懃に羽根ペン動く手燭のもとに密林に住み渡らいて、人なるものを知らず。

樹上より狙はむときの雲豹の浄きひとみを思はざらめや

欅の葉黄に錆びそむと見てありしおのが眼《まなこ》に熟睡《うまい》しただる

ゆふぞらはかけらの月の輝《て》りそめぬ欅のもとのわが居る窓に

元日の鶲——二〇〇二年

元日の欅《けやき》たのしと尾の羽根を張りくだり来て小枝に止まる

正月のひかりなりけり裸木《はだかぎ》のけやきの枝に差し添ふ見れば

煉瓦敷くますぐの路を行きゆくにふくらはぎなる冬日の温み

泡粒のひかり連なる枝の張りさびしらに見ゆ駅の広場に

温かき紙コップもち見下ろせり元日の衢《まち》歩むひとびと

橋までを来たりて左のみち選ぶ家家向き合ふ街裏通り

畳みたる毛布にきつちり紐をかく夜の路上に巻きけむ毛布

首のうへ首うちかさね身動《みじろ》がず猫は猫どち枯葉を敷きて

駒繋神社に御賽銭十円にて、猫の幸を祈る。さて、行って見れば、
木陰に黒ビニールをかけた箱がひとつ。これもいずれ神主に奪《と》られ
るのだろうが――。

夜の冷えをしのぐ箱あるよろこびにわれのめぐりを猫ども歩む

縁石《ふちいし》につつましうしてわが背後《うしろ》見送りくれつ宿無しなれど

束帯し鶏《とり》鳴くを待つ五十翁
——一五八六年前の、五十二歳。

千載《せんざい》の彼方のひとにあくがれて老いぼれひとり苦しみ耕《かう》す

冬の枝張るあをぞらを価《あたひ》なきひと塊《くれ》のわれ仰ぎつつ過ぐ

鳥獣の爪を出だして諍ひき歩みに浮かび来るけさの夢

しらみの神代なら、好きだ。

毫《け》ばかりも疵《きず》なきやまとごころとか——橘曙覧《たちばなのあけみ》ときに疎まし

〈純粋〉をたてまつらむとするものの国体《くにがら》の歌けぶたしわれは

ほざくなと杖に打据ゑられむとも、いはば純粋の雑種だ。われは

＊

テーブルに暫しばかりを居りたるに茶房の窓の通り暮れはつ

九階にのぼり来たりて暉《かがや》きを斂《をさ》めむとする雲遠く見つ

映像

俳優の一茶泣く顔あはれ巧みたくみの嘘を目は暴《あば》きつつ

汚らしきばかりの一茶見せられて映像を断つ夜の灯のもと

清水房雄歌集『桴遊去来』読後。

せかせかとゆく背後姿《うしろで》はときをりに痰唾《たんつば》くわつと吐き棄てもして

DVDにて、『天安門』を観る。

広場なる感情群を統べゆくに快深からし柴玲《チャイリン》の声

面ざしは険難《けんのん》にして圧迫を訴へやまぬ涙のをとめ

権力に見据ゑられたるをののきに広場をなほも煽《あふ》りたてゆく

群衆はをとめを祭りをとめはも衆を煽るといふことのある

一月四日の夜の画面は、四国のとある寺の境内。線香の束に火をつけながら、老嗄れた声がしきりに語りかける。「みんなにようと可愛がってもらいなさいよ。人に好かれよう、思うまえに人を好きなさいよ」。娘である。生きてはいないのであった。

鄙びたることばの声に涙あふる――たましひの良《え》え子でしたのに

次の番組は、西表島の合鴨で有機農法をしている農夫。「合鴨の情も入っとります」。

胸裏《むなうら》に滲《し》むがごとくに思はるれ四国の、西表島《いりおもてじま》の、アフガンのひと

囀りの木

殻こじて差し入るる刃に貝柱探りつつ断つ儀式のごとく

しづけさは座卓のしたのゆふぐれの猫のぬくもり右腿に添ふ

足首に前肢《まへあし》かけて眠るらしひざかけ覆ふ暗がりのなか

朝明《あさけ》より歌を練りつつをりにけり納期過ぎにし仕事のごとく

兆《きざし》ありやがて軋みて白紙を排出すべしわが部屋なかに

千野香織さんを悼む。四十九歳。

冬晴れのひかり差し入る一室に全《また》くしづけくなりてありしか

猥雑のそらにめぐらす電線をしばらくをわが窓に見てゐつ

春あさきそらの通りに枝枝に兆すちからを見留《と》めてぞゆく

ぴらかんさ実の重き房ゆふみちの黄金の蜜のひかりに浸す

西に向く傾斜の町は夕べ濃きひかりを容れて路のしづけさ

わが深き憎悪したたり落つるべし昏れゆくそらの層断ちたれば

信号機隣るいちやうの冬の木を棲処《すみか》ときめて囀るすずめ

囀りの木とわが名づくその下に糞を散らして花のごとしも

板橋短歌同好会

会果てて残りの蜜柑五つほど寄せて袋にもたせてくる

二歩先に切符突き出づこの切符ひき抜く作業をときに忘る

あがりたる雨うすく照る路おもて地下よりのぼり来たりし街は

余光

枝枝はすでにし白し安逸のいろに咲きける今年のさくら

うつけたるわが首《かうべ》なり春の気をふくむ余光のながるるゆふべ

眠たき曇りの昼をみちに出てあしびの花の壺に手触れつ

連なるはあしびの紅《べに》の壺のはな触れて揺らして曇りの路次に

四月、夜桜能を観る。

軍艦のそびゆるごとく鳥居立つ森の木むらの昏れたるそらに

鉄鋼製巨大鳥居に肩口の反りあがる見ゆ冷えびえとして

食ひものの汚臭《をしう》ながるる境内のうす暗がりへ歩み入りゆく

閂

「反抗的になりそうな心配のある女はよく諭《さと》し、（それでも駄目なら）寝床に追いやって（こらしめ、それも効がない場合は）打擲《ちょうちゃく》を加えるもよい。だが、それで言うことをきくようなら、それ以上のことをしようとしてはならぬ。」（女――メディア啓示、全一七五節三八―『コーラン』）

どこの国の女が、幸福か？

閂《かんぬき》をみづからはづし立ち出でて輝くをとめ待つべしそこに

巌のちから

日輪はたかく懸かれりみづうみの波間に焰ゆらめき立ちて

かなたより波すべり来てほていさう聚《あつま》る縁《へり》の葉群うちあぐ

かいつぶり鳴くこゑふくむ湖を春かぜをとめ揺らしやまずも

みづうみは揺りかへりつつ限りなし波間に鴨の眠り蔵《をさ》めて

みづうみの焔立つ面《も》を首立てて鳥影ひとつすすみつつゆく

春すさぶかぜに傾くみづうみの奥処《おくか》知らずも岸沿ひみちに

おかっぱに肥後の春かぜ五十女

枯葦と和《なご》める水とけぶらへり日ざし背にして堤の道を

春の雲にじむ川面をひだりにす梅檀の木の立つところまで

梅檀の素珠《しらたま》の実の揺るるしたしばし息《いこ》はな木に守られて

あをぞらに張る高枝に翅《つばさ》来て素《しろ》き珠実をついばむらしも

淡あはしくありしひと日を手繰り寄す臍にきちんと繋がむとして

子を産まぬこと選び来つおのづからわが為すべきをなすがごとくに

両の手をひらき垂れたる歩みにて遠き山嶺ひびき来たれり

＊

カタログを捲《めく》り返してコンピュータ欲し欲し欲しとわが眼《め》張り出づ

物欲に責め苛《さいな》まれゐし夜の明くるやさらに身を煽らるる

己れともあらざる体《てい》に雑鬧の衢《ちまた》をあゆむ購ふか購はぬか

＊

骨董収集の趣味あらば、いかばかりか——

目は見つつただにたのしも清涼の風なかに立つ呂洞賓《りよどうひん》の図

解説文の口つき、じゃらけたるに悩まさる。

吹きなびく袖のたもとを生充つる墨の線《すぢ》もてひきまはしたり

雪村老筆「列子御風」

岩の鼻かるく蹴りにし趾《あし》ぢからいま空中に浮きあがりけり

天空へ風をあやつりのぼらむとする筆収む老い皺む手が

*

身のうちを揺りあげ返すみづうみの波のひかりの窓暮るるまで

くれなゐの花びら牡丹啜りあぐ雨のしづくの散り輝くを

噴水は立ちのぼりつつひろがりて木の椅子にわが臀《ゐさらひ》なごむ

悶えつつ啼きゐし猫を今日聞かず排除されたか首つままれて

一昨年《をととし》の五月のいもうと買ひくれし健康靴下ほつれにほつる

眥《まなじり》を張るがごとくに居たりけり船艙《ふなぐら》なせる底ひの窓に

初《しよ》十年顧《み》ればあきらかなるべきをおのれうべなひがたく過ぎ来つ

曇天にわれふくまれて睡り込む鬱たるけやき鳴る簷《のき》の端《は》に

*

雪舟を観る。

地の芯のふかきを発し盛り上がる巌《いはほ》のちから抑へかねつも

夏の窗あけはなてるは明朗の水のたゆたふ舟泊なり

はろばろし飛ぶたましひの見渡せる浦浦のまち水上澄みて

ゆりの木に潤ふうれ葉高く見ゆ苑よぎりゆく雨の夕べに

夏珪筆「山水十二景図巻」も見た。

江上の水の烟らひ満ち足らふひとときを身に入れて帰り来

痴愚神

キャベツの葉粗《あら》刻みして食らひをり昼曇りせるへやにしわれは

曇天に萌《もえ》のかたまり泛かべたり欅を窓にあふぎて見れば

促しのしばしばはあれ空しくてうたひ出ださず垂《しだ》る青葉を

テーブルの下なる猫に足の裏あてつつ昼の時傾きぬ

さみどりの柳垂《しだ》り枝つかみては葵の紅《べに》に行きて顔寄す

猫どもと語らひ居ればほつたりとうなじに落ちて糞の温しも

繁り濃き幹に寄り立ち雨しのぐ家無しびとはわれならなくに

植込のかげにうづくみ汚げの脛《すね》出づる見ゆ四月《よつき》ののちを

カーテンの窓をし聴けば街のそら吹き通る風すさびてやまず

わが脛《はぎ》につむりを載せて鼾する痴愚神ひとりテーブルの下

メヒシバの穂

辿りつつ来たりしこころやすらへり夏あらくさの生《む》す地いちまい

七すぢの拡がり動くメヒシバをわが目守《まも》りゆく手に取りもちて

日盛りの町の裏みち家の香のかすかに洩れ来過ぎゆくときに

路端にきつちりと立つ竹箒ブリキの塵取りなども提げたる

仰ぎ見る公孫樹《いちやう》の秀《ほ》つ枝はろばろし夕風わたるベンチにありて

切通崖の積み石その面《おもて》ひとつひとつに手のひらを当つ

アスファルト塗り覆ひたる街底をたましひいさよふごとくにわれは

ひまはりの屈したる顎くすぐりて歩みはのぼる植込沿ひに
ふくらみの青きお尻に凋《しぼ》み花付きたれど汝《な》はひとつへうたん

わかもののベンチに憩ふさましづか街を見下ろす小公園に

芝くさに尻つけて地のこゑたのし崖のうへにて街並とほく

崖《きりぎし》にのぼり来たれば海なして人の造れる光を湛ふ

*

八月半ば、役所より通知状。

家畜より成り上がれるが送り来つ個体識別番号付して

無作為の十一桁数がわれである——あはれ、自由に似たる感じ

虫ピンに刺され見られてゐるごとし個体識別番号われは

アウシュビッツの屍体の山のごとくにも累累としてコンピュータ内

*

雲厚く垂れたる昼を鳴く虫のこゑの窓にし満ちて時過ぐ

テープより現れ出づる声のさまおのれが声のさまにくるしむ

曇日《どんじつ》の房室《ぼうしつ》より身をひき抜き出す温もりて眠りこみたきわれを

邪悪なる意思も潜むやまなかひの全《まつた》きかたちメヒシバの穂に

梳きはらふ雲脂《ふけ》のごとくに深淵に吸はれゆくなりあはれいのちぞ

風冷えて窓の欅の枝うごくいづこに暴風雨《あらし》吹きすさぶらむ

身に火薬

身に火薬巻きつけて少女ゆく道をおもはざらめや照り返す日に

青ぐもへ屍臭のぼれる市《まち》ひとつ籠《こ》めて球体浮く闇黒に

夕町の木木の高きに澄む声のつくつくほふしあはれ町ぞら

石階《いしきだ》に坐りて昼餐したためつ腕に寄る蚊をはらひなどして

わがことば

たましひの根のふらつきてゐるわれを耐へつつ窓のけやきの葉叢

ボードレール二首

アカデミー・フランセーズの知名士を訪ね巡りしその夜あはれ

夜の闇へおのがこころを沈ましむ一日《ひと》を卑しくありしこころを

吹くかぜの秋のちまたや泣き腫らすたましひの貌《かほ》一つさらして

わがことばなほ熟れずして天上の枝にかがやく青き玉の実

おほぞらを光微かにわたらへり鋪道《しきみち》をゆくわれを裹《つつ》みて

雲と窓と猫と

目覚めたるわが顔のうへみ冬づく朝のひかりの韻きて流る

大いなる芋の皮剝く芋の名はこれヤツガシラ食つてやるべく

滾《たぎ》る湯の躍る真空パックよりうなぎ解かれて白飯のうへ

黄熟のかぼすを割りて両の手に挟みきつちり絞りつくせり

胸うちにほどけていまを薫《くゆ》りたつ「質性《しつせい》自然にして」といふ語は

屋上にとまる鴉は曇天へ短き声を載するあそびす

青ぞらの老い衰へてゆく窓べわれはも椅子にもたれて眠る

『父　パードレ・パドローネ』を読む二首

少年の鶏《にはとり》やがて驢馬また山羊しばしば羊まれに女

家父長の暴《あら》ぶる力に拉《ひしや》ぐれど大地は乳を吸はしめにけり

アルタイの喉歌を聴く二首

地底より生るる唸りは狩猟神オチ・バナ姫の歌語りなり

毛むくじやら汝《なんぢ》熊よと喉歌は熊を眠らせなほ森をゆく

頭《づ》を低う笑みつつ来たるを膝のうへ引きあげて打つこの太き尻

外灯のあかるくなりて冷え迫る窓に覆ひをひくべく立てり

息ざしのかぐはしきうた引き寄せむ夜《よ》をねむるまへわが枕べに

雪舟――

地底より衝《つ》き上げのぼる岩盤を讃へてありし甘き空気は

壁際にもの噛む音のしばしして蒲団踏み来てわれに鼻寄す

白じろと雲のかかれる窓並び一つに猫と住み古るわれは

黄葉のけやき

いくそたび歩み来たりしわが通り朱のかがやきを反《かへ》す玻璃窓

光線の差し入る床《ゆか》に人居らずその謐けさをおもひてあそぶ

夕月の懸かれるそらへ噴水の束ひらきつつひたのぼりゆく

水盤の碧きおもてを噴きあげの水のしぶきの刻みてやまず

一衝《つ》きの言《ことば》欲りして書架ならぶ床にかがまりわが居りにけり

夕風巻《しま》く埃吹く道のぼりゆくおのれを護る構へをとりて

繋がれて性の笞《しもと》に追はるるを聞きをりわれは受話器の底に

あなあはれ立つる雌蘂のその尖《さき》に蜜ひとしづく堪へつつとどむ

雄蘂より花粉の嚢《ふくろ》をティッシュもてひとつひとつ抜き取りにけり

漲らふ臀部がゆくをうしろより世に言ふ男の目を模擬しつつ

街上を呟くあゆみしてひとり戻り来たれり曇りのゆふべ

冬曇るひと日のこころ膜うすく震ふがごとくありにけるかも

受話器置きしばらくの間《ま》をわが放つ人の臭みに耐へつつぞ居る

いとけなき声うちあげて昼まへの曇りの道を遠ざかりゆく

アンテナに居て種種《くさぐさ》の鳴きやうを声にためすは年若鴉《としわかがらす》

卓上に明かりをともし曇りたる窓の黄葉《もみぢ》のけやき見てをり

わが窓をかそかに過ぎてゆくらしもけやきの黄葉うつあめの音

京都東福寺に遊ぶ

庭見つつ巡りゆくなり精放ちつくしてのちの楓の冬木

廊ちかき楓ひともと若ければ燠のごとくに葉をとどめけり

三門

屋根の裾反りあがれるをわが目もてなぞりてゆけばなべてを放つ

薄曇る空のいづくの開くらむ敷砂利のうへ日は甘く差す

鴉のことなど――二〇〇三年

正月を二日昼すぎ榧《かや》澱《す》きの紙に穂尖《ほさき》の触《ふ》りの遊びす

鳴くたびに尻尾《しっぽ》の羽を絞れるは若鴉なり声のあまやか

ひきあてしわが末吉をたいせつに折りて椿の小枝に結ぶ

鴉の屍おびただしくも積む穴のぽつかりひらく街衢のそらに

街ぞらを鴉飛びつつ植込に野良猫くぐみヒトは箱に寝る

青の湛へ

朝の床《ゆか》踏みて立つとき揺らぎけりわれの胸處《むなど》の青の湛へは

曇天の重みに耐へて身動《みじろ》げばわづかの雪の降りくだりくる

房《へや》の扉《と》をいま出でゆかばわが膚に溶くるべき雪おもひて坐る

二十五歳《にじふご》の母のからだにふと点る春三月のいのちなりけり

詩篇二首

夜も昼もわがうへにある御手重し——なげきのうたを灯のもとに読む

わが足をひろきところに立てたまへ立てたまへとぞ声にし誦《ずん》ず

日のひかり、ああうれしいとひとりごつ一月尽のひるの路上に

名を奪はれて

カーテンの黒に布目の透きて見ゆ空晴れわたる朝来たりけり

うるはしき小さき翅がわが身より限りもあらず飛び立ちゆけり

朝明けの椅子に凭《よ》るとき山茶花に蜜吸ふ翼羽たたける見ゆ

紅《くれなゐ》の噴き出づる梅ひと本を見てふたたびを扉にこもる

〈流行のあれこれの模倣餓鬼〉 笑ひつつ覚書して書物ふたたび

寒きあめ降《くだ》る曇りの奥処にてかすかに鳥の鳴くこゑきこゆ

大日本帝国衆議院議員朴春琴　足掻きもがきて戦ひぬきし

アニメーション映画

共食ひせる両親《ふたおや》は豚に、をみなごは名を奪はれてつよくなりゆく

爆　音

二〇〇三年三月二〇日前後、ニュース番組を見る。

攻撃目標国の地形図置く　指し示す声はニュートラルにて

滑稽といふべきならずや米国のエグゼクティブの真赤なネクタイ

某大統領

口もとは虹いろの泡沫《あわ》ふきのぼる兵士群に向かふ演説

呆然と坐りてゐたり爆音に身を煽られてあるがごとくに

ゴヤ

堕地獄の笑み浮かべつつ描きけむ人間擬《もど》きのバケモノ群を

ボードレール

絶望に身を捩りつつ墓の蓋ひらかむとすと滑稽画《カリカチユア》釈く

＊

潤沢な資金、一七〇人の男性助手。

レニ・リーフェンシュタール　権力と交尾《つる》みつつ遂ぐ女の仕事

一国の政治に関心せざるゆゑその〈美〉の鈌《けつ》に充塡をさる

一人言

窓の下は遊歩道にて、ベンチを置く。
春のよき風吹き入る朝、声あり。去らず。

公《おほやけ》腹《ばら》立てて難ずるその声の籠るひびきに困《くる》しむわれは

もの難じする一人言《ひとりごと》聞かされて昼の時過ぐわが窓のうち

国上山行

春の日の海のおもてのまばゆさに佐渡が島山けぶらひにけり

ねうねうと鷗の鳴くを繊弱の児は仰ぎけむ浜辺の砂に

白銀《しろがね》の線《すぢ》震ひつつやはらかく風ふくみたり良寛の字は

不語似無憂《いはざればうれひなきににる》と書くそのこころをぞ含むごとくす

夕かぜにうすぎぬの領巾《ひれ》浮くごとし「僧今又来」の「又」に対へば

春かぜに乱れみだるる草《さう》書きの体《てい》へ向かへる精神《こころ》の活動《うごき》

上田より軽井沢まではふぶいた。

雪凍《し》みて樹《き》樹《ぎ》のこずゑのけぶらひのしろきまほらよ森をゆきつつ

ひさかたのあまぎらふ雪抜けてきて柳に雨の街へ入りゆく

この島の夜や奥処に雪ふぶき氷れる森のひとつあること

あとがき

本歌集は、「短歌研究」二〇〇一年九月号から二〇〇三年八月号まで、八回にわたる三ヶ月ごとの作品連載を中心として、その間「短歌現代」「短歌往来」「歌壇」「短歌四季」「短歌朝日」「毎日新聞」「文藝春秋」などに発表した歌、また所属する歌誌「牙」「あまだむ」に掲載した歌を合わせて編集した。ただし、作品連載第一回「夏の日」は前年に作った歌であるので、本歌集を二〇〇〇年正月から始め、二〇〇三年三月までの作とした。したがって、作品連載第八回「六月の朝」はここにはおさめなかった。歌は、取捨選択をし、おおむね再構成をし、手も加えられるものは加えた。

『紫木蓮まで・風舌』『天の鴉片』『白微光』『宇宙舞踏』につづく五冊目の歌集となるが、一九九二年春までの作をおさめる『宇宙舞踏』以後、一九九九年までの歌は未整理のままである。追って、まとめたい。

かつて、二十一世紀という語は、「未来」というに等しい響きをもっていた。世紀を隔てた未知の空間には、輝かしい光がいっぱい詰まっているかのように思われた。

しかし、その二十一世紀最初の年である二〇〇一年に、いわゆる九・一一事件が勃発。以後、富裕な巨大国アメリカ合衆国のアフガニスタンへの宣戦布告、引き続いて二〇〇三年春のイラクへの宣戦布告。二十一世紀がこんなものになろうとは思いもしなかった。今回の歌集の背後には、そのような世界情勢があったことを銘記しておきたい。

また、国内では、バブル経済崩壊後、深い沈滞をひきずっていた時期でもあった。誰もが経済生活に敏感にならざるを得ない日々、ことにもわたしは個人的に逼迫した数年を過ごして、そんな方面にも歌の関心が向いた。

この歌集の期間は年齢からいえば、五十歳から五十三歳にあたる。五十歳の年には、親友のような存在であった妹倫子を亡くした。これも思いもよらないことであった。

歌集名『巌のちから』は、「短歌研究」二〇〇二年七月号作品連載第四回「巌のちから」からとった。雪舟の水墨画に向かい合っているとき、ふと生まれた言葉である。この三十首によって、翌年第三十九回短歌研究賞を受賞した。

およそ十三年間、歌集を出さないできた。そのことのもつ意味は、自分にもわからない。

Look at her. 見るほどの価値のないのはわかっているが、この女を見てくれ。そんな気持である。

歌集出版に際しては、「短歌研究」前編集長押田晶子氏、新編集長堀山和子氏、そして歌集担当の菊池洋美氏にお世話になった。また、作品連載当時の短歌研究社社長天野敬子氏にも、感謝を申し述べたい。ありがとうございました。

二〇〇七年五月十五日

阿木津　英

検印
省略

平成十九年七月十九日　印刷発行©

歌集　巌《いはほ》のちから　定価　二八〇〇円
（本体二六六七円）

著者　阿《あ》木《き》津《つ》　英《えい》
発行者　堀山和子
発行所　短歌研究社
郵便番号一一二―〇〇一三
東京都文京区音羽一―一七―一四　音羽YKビル
電話〇三（三九四四）四八二二・四八三三
振替〇〇一九〇―九―二四三七五番
印刷者　豊国印刷
製本者　牧製本

落丁本・乱丁本はお取替えいたします。
ISBN 978-4-86272-053-5 C0092 ¥2667E

短歌研究社　出版目録

＊価格は本体価格（税別）です。

歌集	夏のうしろ	栗木京子著	四六判	一八〇頁	二五〇〇円	〒二九〇円
歌集	はじめての雪	佐佐木幸綱著	四六判	二三二頁	三〇〇〇円	〒二九〇円
歌集	朝の水	春日井建著	A5判	二四八頁	三〇〇〇円	〒三一〇円
歌集	滝と流星	米川千嘉子著	四六判	二四〇頁	二六六七円	〒二九〇円
歌集	椿の館	稲葉京子著	A5判	二四八頁	三〇〇〇円	〒三一〇円
歌集	曳舟	吉川宏志著	A5判	一六八頁	二五七一円	〒二九〇円
歌集	緑の斜面	篠　弘著	A5判	一九六頁	三〇〇〇円	〒二九〇円
歌集	燃える水	春日真木子著	A5判	二一二頁	三〇〇〇円	〒二九〇円
歌集	夏羽	梅内美華子著	A5判	二二四頁	三〇〇〇円	〒二九〇円
歌集	赦免の渚	石本隆一著	A5判	二〇八頁	三〇〇〇円	〒二九〇円
文庫本	大西民子歌集（増補『風の曼陀羅』）	大西民子著		二一六頁	一七九六円	〒二一〇円
文庫本	岡井隆歌集	岡井隆著		二〇〇頁	一二〇〇円	〒二一〇円
文庫本	馬場あき子歌集	馬場あき子著		一七六頁	一二〇〇円	〒二一〇円
文庫本	島田修二歌集（増補『行路』）	島田修二著		二四八頁	一七一四円	〒二一〇円
文庫本	柴生田稔歌集	清水房雄編		一八四頁	一七四八円	〒二一〇円
文庫本	窪田章一郎歌集	窪田章一郎著		一七六頁	一七四八円	〒二一〇円
文庫本	塚本邦雄歌集	塚本邦雄著		二〇八頁	一七四八円	〒二一〇円
文庫本	上田三四二全歌集	上田三四二著		三八四頁	二七一八円	〒二一〇円
文庫本	春日井建歌集	春日井建著		一九二頁	一九〇五円	〒二一〇円
文庫本	佐佐木幸綱歌集	佐佐木幸綱著		二〇八頁	一九〇五円	〒二一〇円
文庫本	高野公彦歌集	高野公彦著		一九二頁	一九〇五円	〒二一〇円
文庫本	続馬場あき子歌集	馬場あき子著		一九二頁	一九〇五円	〒二一〇円
文庫本	前登志夫歌集	前登志夫著		二〇八頁	一九〇五円	〒二一〇円